Tutti i viaggiatori della Luna

Mat de Melo

Le poème original, non édité. Une lettre d'amour à Lisbonne.

Copyright © Mat de Melo 2021.
Tutti i diritti riservati.

Ristampato nel 2022.

Nessuna parte di questa
pubblicazione può essere riprodotta,
distribuita o trasmessa in alcun modo
o con qualsiasi mezzo, compresa la
fotocopia, la registrazione o altri
metodi elettronici o meccanici,
senza la preventiva autorizzazione
scritta dell'editore, se non nel caso
di brevi citazioni incarnate in
recensioni critiche e in alcuni altri
usi non commerciali consentiti dalla
legge sul copyright.

ISBN-13: 978-1-7322497-7-6

Dedica:

Questo libro è una
dedica a tutti i
*viaggiatori della
luna,* e a quando
Lisbona era Lisbona.

Meta Finzione |n|

Un resoconto falso e/o
non probabile. Un'idea o
una parola misurata in
unità astronomiche. Può
sfidare determinate
condizioni quindi
far tutto accadere.

Cioè: Per muoversi o
girare, come per
magia. Per produrre o
colorare. Un
produttore di idee.

Un cineasta, un
poeta, un ingegnere
delle parole.

Un eroe in un
romanzo, su un
palcoscenico o in un
film, in una stanza
con una macchina da
scrivere portatile.

Tutti i viaggiatori della Luna

Atto 1

Avevo una tasca piena di idee.

Sulla carta e
con inchiostro
blu. Un ethos moderno
per un supereroe
normale, *all-in*

nel fare una
impressione.

Il sipario si alza.
Un bar costoso.
Una ragazza in
denim con un blocco
note è in un angolo
della stanza. Sono
entrato come una star
in un film in bianco
e nero.

Mi sono seduto con
Viola sotto un poster
di caffè delta. Io
bevuto una cola e
Viola ha bevuto un
porto, e insieme
ci siamo seduti in
un angolo e abbiamo
guardato e osservato
tutto con speranzosa
attenzione per
diversi minuti.

"Vorrei dipingere
la città di rosso
e bere champagne
economico ed essere
un *ideamaker* e
dire cose quasi
impossibili."

*Viola aveva una
idea.*

"Potremmo rubare un
Porsche e prenderlo
per un giro, e

ascoltare la radio
a quando abbiamo
finito la benzina."

  Ho iniziato a farmi
un'impressione: una
ragazza in denim
blu Levi's, con un
giovane aristocratico
bohémien con una
semplice T-shirt
bianca con aviatori
retrò, quando ogni

notte un'immagine in
movimento, e tutti
una stella; quando
un lanciatore di
astronavi potrebbe
spostarsi a 40
mila miglia orarie
attraverso lo spazio
esterno in direzione
della Luna o di Marte o
anche più lontano è
fissato al suo sedile;
quando America

significava Kodak e
milkshake e viaggi
di mezza estate in
macchina; quando tutto
il mondo era davvero un
palcoscenico, e tutti
gli uomini e le donne
in realtà sono attori.

"Sei una
troublemaker."

"E tu sei un
supereroe."

Dissolvenza:

Un appartamento al secondo piano. Su un tavolo da falegname, e un visionario melodrammatico di 37 anni. Vicino a una lanterna a olio di cherosene, e a un memorandum su mostri e incubi e finzione, e un bellissimo qualcosa

che è il prodotto
di un'immaginazione
retroattiva. Su
come un obbligo;
una responsabilità
universale, e il mondo
stava aspettando.

Ho *dial in* a una radio frequenza statica. Su una scatola di cartone, una cianotipia di 70 parole. Su una generazione stabilito uno standard: Portate una macchina foto grafica. Girare intorno, dial in, gira il nastro.

Una generazione
sviluppa una
filosofia. Ali si
ha una rivoluzione.

Ho avuto un'altra
impressione, in
un appartamento
al secondo piano,
fare le ore piccole.

Il tempo si muove
velocemente. E le
probabilità erano

quasi sempre
contro di noi.

 Eppure abbiamo
insistito, che un
gufo notturno
non può essere
assonnato di notte.

Su una FIAT Berlina del 1971, guardando le stelle. Un inseguitore di idee e una creatrice di colori fanno a turno con una bottiglia di vino rosso. Milo e Viola guardano l'Orsa Maggiore e cominciano a vedere tutto nei colori primari.

"Un poeta non è una
persona normale.
Dice spesso cose
un po' selvagge,
non possibili.
Ha un pennarello
permanenti."

Viola aveva la radio
e io il pennarello.

"Un fiore è un fiore
e un catcher in the
rye è un catcher

in the rye. Una
generazione è pronta
con anticipazione."

La radio è accesa.

"Le parole dipingono
quadri, e razzi vanno
sulla luna."

*Un autobus era
lanciato nel.*

"Su carta, e con
inchiostro blu?"

"Ha legato un lazo
intorno a lei, ha
tirato giù dalla
stratosfera. È in
su tasca, ed è
incandescente nel
buio, ed è sicuro
di lui tradisca."

"E così?"

"E, come la
finzione. Come
una reazione

chimica in una
scatola macchina.
Arrotondato da
un sogno."

"Sulla carta un
manuale d'uso,
come fare una
luna di carta."

Dietro di noi sono
esplose candele
romane. Viola si
voltò e si fermò,

io mi voltai e mi
fermai, e ci guardò
in un film che
avevo su nastro.

**Su vino in scatola,
e iperboli.** Su 3,70
che avevo e salvato
e sprecato. Sulla 73rd
Street e Broadway,
avendo una cola.

A Rio e Roma e Madrid.
In tutto il mondo.
Prendendo tutte
le possibilità.
Farcendoe tutti gli

errori. Un manuale
per creatori di idee.

Nel *Bairro Alto*
con una macchina
fotografica usa
e getta, e 24
esposizioni, e
un pennarello blu.

Una dissertazione
di 3100 parole su
Giunone e Marte.

Su Eros e frecce e
reazioni chimiche.

In casinò Estoril.
Avevo un *gin tonic*
al bar. L'idea?
Maggiori informazioni
sulle cose giovani
brillanti al bar, e
avvertire il mondo di
una sottocultura di
persone che sono

arrivate a Porto,
Madrid e Roma in una
scatola di cartone,
ognuno un supereroe.
  Hanno calcolato
la distanza tra
loro e la luna.
Hanno calcolato
il costo della
benzina; velocità,
distanza, tempo.

Ho immaginato
un'apertura, atto 1.
Attirato dalla
gravità, spinto
dalla mia
immaginazione.

Sulla carta, e in
inchiostro blu.

Su uno sfondo blu, marrone e rosso.

Su uno sfondo blu,
marrone e rosso.
Viola ha bevuto una
cola generica sul
pavimento con un
blocco note. Io miro
un pennarello blu,
su uno sfondo blu
e marrone e rosso,
ponendo le basi per
una scuola di

pensiero speciale,
in un appartamento
al secondo piano.

Su un palco, e come
in un film che ho
avuto su nastro. C'è
un generatore di idee.
Tutto nella finzione,
ha sviluppato una
macchina del tempo.
Immaginò un punto su
una linea in una mappa.

In Spagna, senza
commettere errori.

 Dissolvenza:
Milo indossa una
semplice maglietta
bianca, con capelli
castani su una
scrivania con una
macchina per le
parole portatile.
Fa uno schizzo.

Usa colori saturi.
Non preoccuparti di
metterti tra le
righe. Sei qui per
salvare il mondo.
Dipende da noi.
Ricorda: che un Poeta
o un Pittore non
dipenda dall'essere
incompresi, e che
l'essere incompresi
è anche ciò che
ci rende diversi.

Rosso giallo blu,
vedo i poster da
qui. Riesco a
vedere un'immagine
in movimento in
lontananza. Riesco
a sentire il suono
delle parole sulla
carta.

Riesco a vedere la
luna Riesco a vedere
un rocketeer. Vedo

una macchina del
tempo. È lì, è
finzione e ti
appartiene.

Ho dial in una boa verde in un porto di Cais do Sodré. Viola aveva una sigaretta, e ho una scatola di fiammiferi.

Ho avuto un Walkman blu, un nastro retrò, e Viola e io ci sedemmo su una scatola con

le cuffie nelle
nostre orecchie.

Sono ubriaco per
un'idea che ho
avuto in un bar
a Madrid. Guardo un
faro e poi faccio
una pausa.

"Io sono un
romantico, e un
sentimentalista,
Sostengo che però

se niente può durare
per sempre, so che
ho fatto tutto il
possibile per farlo."

"Mi piacerebbe pensare
che potremmo. In un
movimento nominato *The
Manufacturers of Ideas*.
In un programma di
cinema. Con luci da
palco da 40 watt, una
tragica commedia. Nei

cinema, 13 luglio.
310, 540, e 830."

*Viola ha un vino
rosso. Milo ha
un'idea.*
"Tutto quello che
ho sempre voluto
era tutto, ma tutto
quello che ho sempre
avuto era finzione."

*Viola fissa lo
sguardo su un autobus.*
"E poi?"

Milo fa una pausa.
"Andiamo in giro e
bere champagne, e
fare problemi, e far
finta come la notte
durerà per sempre."

*Arriva l'autocarro
mentre Viola ha
un'idea.*

"Atto 1. Scena 3.
Lo sarò l'eroe,
e tu il narratore."

È notte, da qualche parte a Lisbona

C'è una scatola di *spumante*. Viola è sul pavimento con una Kodak super 8.

Apro un memorandum:
Madrid, Barcelona,
Roma. Porta un blocco
note. Fai un giro,
fai un errore.

Viola è malinconica,
e la luna è piena,
e tutt'intorno a noi
si ha un'impressione.

"La Luna, le stelle.
Questi guanti. C'è

dell'altro, E se non
è così, cosa c'è?"

  "Ci sono prove.
C'è la magia.
La materia di cui
sono fatte le parole.
Sulla carta c'è una
ragazza in denim su un
Renfe di mezzanotte
di 10 ore da Lisbona a
Madrid, tutto in
un'idea. Chi ha

sognato a colori.
E c'erano le parole
La Espera."

  Ho bevuto una
bottiglia di buon
spumante economico.
Anche Viola ne aveva
uno. Io e Viola abbiamo
brindato dopo l'altro,
"...*A te, a me, a noi,
agli incompresi...*",
e con ogni brindisi

abbiamo sbattuto le
nostre bottiglie
insieme in una
scatola di cartone
sotto la luna.

"Buona notte luna di
carta. Buona notte
luce luminosa. Buona
notte, buona notte.
Buona notte tarda
notte."

Era solo mezzanotte,
ma era sempre solo
mezzanotte a un
cuore intossicato.

Così iniziò un
diverso tipo di
progetto; un romanzo
che ho cancellato e
cancellato, fintanto
finché tutto quello
che avevo era la
poesia tra le righe.

Avuto una guida
per sognatori di
830 parole per la
Via Lattea e buon
champagne economico,
e una guida per
sognatori di 830
parole per la Via
Lattea e buon
champagne economico
è codice per la
notte è giovane,
e così siamo noi.

*Mi arrampico in una
scatola di cartone,
come se non fosse una
comune scatola di
cartone, e come se
non fossimo
gente comune.*

E così, per tutta la
notte Milo e Viola
bevuto *spumante*
buon e ascoltano la
radio, e facevano

finta di essere in
un dramma di teatro
chiamato *Ultraviolet
Blue*.

Atto 2

A midnight show

Scenografia: uno
sfondo blu. Una
stella di carta
che Viola colora.

C'è un foglio di
promemoria sul

pavimento. C'è una
macchina da scrivere
e un proiettore Super
8. C'è un poster di un
film e una radio
AM/FM.

Dissolvenza:
Un proiettore
cinematografico e
500mila chilowatt
di particelle

stellari. Su una
scala, sotto una
luna di carta.

Un poeta ha una
diapositiva di
colore, e tutto il
mondo in technicolor.
Una giovane cosa
brillante in un
romanzo, che
insegue un'idea.

Un sogno è un sogno.
Un pastello a cera
discontinuità, ma un
pastello a cera
ciò nonostante.

Mi sono sintonizzato
in un tram elettrico.
Su un furgone Ford
retrò con linee
marroni e rosse
e mandarino e un

numero 73 incollato
su entrambi i lati.

Mi sono seduto su
un gradino in un
teatro e leggo il
Babylon Revisited.
Poi ho considerato
l'idea, un'idea quasi
impossibile che avevo
avuto a dieci anni,

su come le parole abbiano un effetto.

Mi sono soffermato su una pubblicità di vino Porto su un autobus. Ho riletto i miei appunti, mi sono appoggiato allo schienale e ho guardato tutto accadere.

Dissolvenza:
Un teatro su Dom
Pedro. Un vagabondo
con un violino
costoso suona Il
Cigno di Saint Saëns
vicino a un poster di
una luna e una
stella per tutti
a Dom Pedro.

In un cinema teatro.

Milo è al posto 3A
e Viola è dietro
di lui nel 4B.
Un proiettore
proiettato una
pellicola sullo
schermo.

Milo si rivolge
a Viola con una
macchina fotografica
usa e getta. Si

chiede se ha tempo,
e se lui e Viola sono
dentro un'immagine
in movimento.

Taglia a: Milo sul
palco. Il raggio di
un proiettore
è su Viola.

VIOLA: Il sipario
si alza su una
ragazza che è andata
a Barcelona. Vicino

al Teatro Borràs.
Sotto alla luna. A cui
inseguiamo la Notte.
Sfidiamo ciò che è
normale e ci allontaniamo
dall'uso letterale delle
parole. Per colorare
tutto. Su un'idea quasi
possibile intesa essere
presa alla lettera.

Tenda chiusa.

MILO: Si alza il
sipario. Sull'eroe.
In una scatola.
Su un palcoscenico,
e finzione: perché è
quello che vogliono
tutti; una macchina
del tempo, e quella
sensazione quasi
possibile come se
fossi in un film, e tu
sei nel mezzo della
tua parte preferita.

VIOLA: Sei un dio
della macchina.

MILO: La luna,
le stelle. Tutto
quanto. È nostro
da avere.

VIOLA: E un
romantico.

MILO: Sei fatto
della materia di cui
sono fatti i sogni.

VIOLA: E tu sei
un creatore di
oggetti di scena,
circondato dal
sonno.

MILO: Arrotondato
dal sonno, e su
una luna di carta.

*Viola si gira verso
il proiettore.*

VIOLA: Riesco quasi
a vedere Barcellona
da qui. Il peso
dell'Universo. La
gravità mi attira
e da qualche parte
c'è un addio.

Milo ha un antidoto.

MILO: La sua
conquista merita
il meglio dell'
umanità. Non perché

sia facile, ma perché
è difficile. Perché
la luna? Perché la
finzione? Perché
è lì. Perché le
parole lo colorano
e perché io e te
siamo diversi.

*Viola si gira verso
lo schermo e poi di
nuovo indietro.*

VIOLA: Come avevi
in videocassetta?

*Il raggio di un
proiettore è su Milo.
Viola si rivolge a
un teatro vuoto e
insieme Milo e Viola
leggono le battute
dell'atto 2, tutto in
parole sulla carta.*

**Una fermata
dell'auto bus
a Rato.** Sono in una
tuta da volo, e Viola
indossa un cappotto
di poliestere.
Comincia a piovere.

Ho aperto il foglio
in tre parti, poi ho
letto la poesia ad
alta voce, con una
voce quasi troppo

bassa per sentire
le parole.

  In difesa
dell'incompreso.

Nessuna Barcelona,
e nessun Miró. Nessuna
radio, e nessun bottone.
Nessuna Billie Holiday,
e nessun Harlem dream.
Nessuna macchina di
parole, e nessuna
luce verde sulla

baia di Long Island
con riflettori che
proiettano un raggio di
luce in ogni direzione.

Nessun dramma, nessun
atto 2. Nessuna misura
del tempo, e nessun
particolare senso di
urgenza che solo un
sognatore potrebbe
capire. Nessuna guida
alla Via Lattea, e nessuna

pubblicazione di
cittadini democratici.

Nessuna esagerazione,
e nessuna luna di carta.
Nessun *Mover*, e nessun
Shaker. Nessuna scatola
di cartone non ordinaria,
e nessun *rocketeer*.
Nessun vino rosso
buono ed economico e
nessuna reazione chimica.
Nessun cinema, e nessun

film, e nessuna
parte preferita.

Nessuna lampada a
olio e nessuna radio
a transistor. Nessun
Kerouac, e nessun
scarpe vagabonde.
Nessuna generazione
Beat, e nessuna
rivoluzione.

Nessuna carta,
nessun inchiostro

blu e nessuna
filosofia delle 2
del mattino. Nessuna
possibilità che
sia senza ragione
o scorretta e
nessun errore.

Saccheggia il Museo.
Ruba tutto in vista!

Viola si mise il
promemoria in tasca.
Ha continuato a
piovere. E insieme
Milo e Viola stanno
alla fermata
dell'autobus
con retrospettiva.

Atto 3

In Bairro Alto.

Le parole saltano

fuori dalla pagina.

Lui è il protagonista.

Ogni parola viene

sovrapposta alla

carta come per magia.

3 del mattino. Piega
la carta in terzi.
Nella tasca del suo
cappotto c'è una
poesia, che porta
con sé come se
fosse un manuale.

In un club jazz.
Su mesa 13.

Una ragazza con un
berretto ha letto
un estratto da un
blocco de note.

'Che cosa è successo
a tutti i viaggiatori
della luna? Se ne
sono andati, o sono
elegantemente ritardo?
Hanno salvato i loro

sogni in un barattolo?
O non hanno nessuno?'

La musica iniziò
con un ritmo non
lineare.

L'estratto ha lasciato
un segno su tutti nella
stanza. C'era magia
nell'aria. Ho bevuto una
sigaretta. Lo spettacolo
è continuato.

Dissolvenza:
Bairro Alto. Ho
girovagango nella
notte, da rua do
Norte ai caffè
di rua Augusta.

I caffè avevano
chiuso. C'era un
taxi su Dona Maria.
Non c'era nessuno
tranne me e la luna.
Mi sono sdraiato,

sotto le stelle
di cartoncino.

  Ho trovato una
moneta sul pavimento.
Un altro desiderio
sprecato, ho pensato.
Allora ho deciso
che i desideri non
scadono, quindi
ho risparmiato
quel moneta per
un'altra volta.

**Forse un sogno,
una *word picture*.**
Madrid può essere
vista da lontano. Molte
stelle punteggiano
la stratosfera. Una
stella è più luminosa
delle altre, come lo
sono alcune stelle.

Un Protagonista,
tutto pronto su
un'idea, senza

commettere errori,
perché alcune scarpe
sono fatte per
camminare, e perché
lo scopo di un
fiore, è il fiore.

Fade in en un tren
a Madrid. E una
ragazza in denim
blu Levi's, fuori
a salvare il mondo.

**Su un super
8, in 24 fotogrammi
al secondo.** Un
blocco note. Una
radio transistor.
Una luna quasi piena.

Ho bevuto una cola
in un bar in *rua da
Rosa.* Ho iniziato a
registrare un'idea,
un ciao La Luna di
300 parole che avrei

potuto piegare in terzi
e inviare una ragazza
in Spagna. Su una
macchina da scrivere
portatile, in una
stanza con un poster
dove ho fatto le ore
piccole, d'estate
quando l'aria è
ancora più azzurra,
di notte sul tetto di
un teatro dove si
sospettava che un

normale supereroe
incollasse brevi
poesie alle fermate
degli autobus a Porto,
quando 10mila sognatori
misantropici *all-in*
su la finzione hanno
marciato in opposizione
alle idee normali.

Parole sulla carta,
ho esagerato tutto,
e come nell'arte,

ero di fronte
della vita.

**In un taxi
Mercedes-Benz.**
Un manifestante
lancia volantini
con un cannone.
La carta sembrava
cadere dallo spazio.
Avevo un'altra foto.
L'autista aveva

la radio accesa.
E quindi si potrebbe
dire che eravamo in
una supernova di
coriandoli di carta.

Mi sono fermato per
una foto sul tetto
dell'auto come se
fossi in un film.
Sulla carta e con
inchiostro blu,
forse una nota a

piè di pagina in un
melodramma divino.

A sua volta si ha
uno contorno, e
da esso un'altra
generazione ha
qualcosa che può
chiamare proprio.

Poi come la finzione,
in appartamento al
secondo piano una
Kodak super 8 stampa
sfarfalla attraverso
un proiettore, 24
fotogrammi al secondo,
e come magia, ha
fatto l'illusione
del movimento.

Altre poesie di Mat
de Melo, Finzione Collettiva
Inc., 2024

Segui la sottocultura,
matdemelo.info

Scrivici   nova

ink printhouse
novainkprinthouse.
@proton.me